I Wandered Lonely as a Cloud

香川ヒサ 歌集

Kagawa Hisa

目次

I

ロマン主義 13
反射 20
疑問 23
階級 25
名前 28
完璧 30
日付 34
日録 37
騒騒 40
青色 42

空　44
輪郭　47
人　49
冬眠　51
勢ひ　54
約束の地　56
森　59
夢の中　61
上半分　63
痕跡　66
題詠「まなぶ」　69
ライム・グリーン　71

夏の景 74
遠あらし 77

II

形なき空 85
ガラスの眼 90
路地 93
変化 95
ぶんぶん 97
尖兵 102
天然更新 105
エキストラ 108

雪　111
春疾風　115
スープ　120
火星人　122
晩夏のひかり　125

III

家鳩　139
歳月　144
ゲーム・ミート　147
冬の日　150
春の雪　153

雲　156
柘榴と蜜蜂　159
路線バス　164
花柄　167
AEON　170
その他　175
遠き眼　177
グローバル　180
マスクは要らない　183

Ⅳ

日常　191

不完全な不安　198
人間界　201
日月　204
準備　210
ジャム　213
デザート　216

V

絶景　225
出来事　228
速報　232
車窓より　234

詩人 236
前景 241
天体の音楽 245
題詠「水仙」 249
金貨 253
稼働 256
取り換へ不可 259
題詠「軆」 262
場所 266
あとがき 272

装画 JOHN CONSTABLE Flat ford Mill ('Scene on a Navigable River') 1816 - 17
装幀 日本ハイコムデザイン室

I Wandered Lonely as a Cloud

I

ロマン主義

雨上がり朝の広場にひとひらの水たまり踏む春光を踏む

段差一つ踏み外して来る季節ゆゑ老人たちはあちこち痛い

ブラシ式路面清掃車通り過ぐ春の光の喜ぶ黄色

ＧＰＳ機能搭載携帯を首にぶら下げ犬曳いてゆく

犬の散歩ではなく散歩させてゐる要なきものと思ひなす身を

迷へる羊陳腐な比喩にせし百年みんな迷へる羊となれり

飲み食ひをしたもの写真で見せ合ひぬ喉元いつぱいさびしさ詰めて

嘴を工具のやうに光らせて鴉はつつく世界の表面

見えるもののみ見る鴉　見えぬものまで見て人の見失ふもの

嬰児は寄り来る人をいいにほひ嫌なにほひと嗅ぎ分けてゐむ

お菓子ばかり食べてはいけない嬰児はすでにお菓子の甘さを知れば

カフェ・ジラフにきりんの像の立つてゐてその脚避けつつウェイター来る

テーブルに置くコーヒーのマグカップどこか揺れゐる列島の上

集まつて咲いてた躑躅集まつて枯れて住民投票近づく

弟の生まれた朝見た赤い花躑躅だといつ知つたのだらう

妹のある人生の始まつた幼きプリンス・ジョージ手を振る

影のごとく寄り添ふ妹その影の濃くてニーチェもワーズワースも

結局はロマン主義だな日曜のため大変なウィークディ耐へ

道野辺に見つけた黄色い金鳳花思ひ出す時黄金《きん》に輝く

反射

夏空を映すガラスのビル見上ぐすべてのものに季節はありて

ガラスのビル映すガラスのビルの壁　地震ふる国のわれを映せり

段差もつ石あれば人ら腰掛ける大昔から同じ姿勢で

いく度も反射しながら届きたる光かビルの狭間に蒼し

方位なき明るさの中ゆく人ら急ぎ足にて行く先のある

眼差しで鉄材一本吊り上げてゆつくり空へ運んでみたり

タワーからよく見えるだらうどこまでもまだ在る世界広がつてゐる

疑問

夏はもう終はつたやうだ　鈴懸の木下まで来て鞄下ろせば

晩夏光けぶる草生にふさふさと見え隠れして駆け去りてゆく

Grandmaはいつ死ぬのとふ幼児の疑問を置いて晴れわたる空

走る人散歩する人　運動をせぬ水鳥ら浮かぶ辺《ほとり》に

人生に公園あればたちまちに芝を競ひて夏も過ぐべし

階級

発電用風車並べり山の上は北からの風棲みゐるところ

海越えてこの山に吹く北風の運び来るもの運び去るもの

風力に階級ありて階級の高き風せつせとブレード回す

風荒ぶ草生にブレード回しつつ風車を目差し吹く風ならね

風の音風切りの音機械音　音を並べよ哀しき順に

実を付けし草諸伏せる草原を通るは雲の影ばかりなる

名前

ここにして見らるる海を見むと来ていづこにもある海を見てをり

波頭白く砕きて吹き寄する風にぶつかる坡塘に立てば

潮の香と風の冷たさカメラには収められないものの攻め来ぬ

背黒鷗波止に下り来て固有名持たざる一羽一羽が並ぶ

名を持てばここにしかない漁港なり持ち帰りなむその名前のみ

完璧

山襞に霧は立ちつつしんしんと勾配下る広がりながら

道草の末枯れし薊にいく度の冷たき雨は過ぎにしならむ

山裾ゆ立ち上がりたる大き虹ほんの少しの雨あれば立つ

アイスクリームで街は知られて街中にアイスクリーム食べる老女ら

水色とピンクと黄色に壁塗ればアイスリーム屋になるほかはない

アイスクリーム選ぶ少年これより先いろいろの事選ばねばならぬ

ざわめきに遠退いてゐた風の音枯れ葉のすがたで日暮れに戻る

人去りし広場に慰霊碑あらはれて慰霊碑の立つ世界となりぬ

あまたなる死が一個の死流し去る歳月を経て慰霊碑しづか

入り日見る人の背中のみな暗く夕日鑑賞スポットのあり

日が上り日が高くなり日が沈む一日は今日も完璧である

日付

行き止まりの道は川辺の公園へ続き水辺に人いこはしむ

公園に人ら寄り来る学校やオフィスからまた自分の家から

刈り込みを終へし芝生のみづみづと夏服白しその影濃ゆし

芝原に幼児下ろせば駆け出せるその足下から広がる地球

踏みたればやはらかき芝　触れたればやはらかく手のひらを刺す

人生にある公園に　公園のある人生に　ひと時の過ぐ
一枚の写真を撮りて片すみに日付しづかに輝かせたり

日録

ゆく川の流れに映る青き空小さな町を二分けにして

おのづから先の急がれ渡りゆく橋は留まるところにあらず

バスの出る時刻近付く頃ほひをどこからともなく人らあらはる

乗客はおほかた老人　町はづればかり乗り合ひバスは巡るも

廃屋のありて草木の緑濃し　時違へここに現れながら

傷薬とふ西洋鋸草摘まむ手のあらはれず過ぎにし時間

薬草にすべての傷は癒されて青空すごく神の在しき

このわたしそのものならぬ私の日録なれば三行で済む

騒騒

窓に寄り空を見上ぐる人あれば窓の数ほど空はあるらむ

紅葉の山となりたり山の樹樹山隠しつつ表す山を

をりをりに颪の集へる欅の木ざわと出て行く先は知らない

辻音楽師去りて広場に匿名の騒めきたちまち押し寄せて来ぬ

憂国忌過ぎれば冬の近くして落ち葉溢るる　襟を立てても

青色

雨の降る丘わたりゆくひとすぢの日脚のありぬ遊ぶごとくに

いま腰を掛けてる椅子の冷たさはプラスチックの椅子の青色

たんぽぽを摘みて私の蒲公英を手帖に挾めば拉げてしまふ

鳥や樹や草はらや風が明るます指し示すしかできぬ言葉を

見て過ぎし青き麦の穂いつまでも揺れつづけをり私の中で

空

帰り来る燕の減つた日本の空に立ちをりタワーマンション

真白な羽が一枚　ヴェランダの隅は真白に汚れてゐたり

雲ひとつ朝の心に湧いて来る空にてありしところに住めば

聞き取れぬロシア語聞こえ画面にはソユーズのまだ現れぬ空

宇宙船降りた飛行士そを運ぶ人らステップに濃き影を置く

既にもう全ての人の人生の始まつてゐるこの星の上

輪郭

夜のうちに空から追はれゆきし夏もう来年までやつて来ぬ夏

絡みあひ羊歯と蔓草はびこれりここに縺れた時間流れて

紛争の続く中東の街の名はみな聖書にて知りし街の名

壊れたもの壊れかかつたのものばかりいくら朝刊めくつてみても

逆光線けばだち窓辺の不揃ひの椅子に輪郭立ち現れぬ

人

風の夜の明けて落葉の道ゆけば風に耐へた葉また一つ落つ

創作陶器道辺に並べ人しづかすでに売り切つてしまつたやうに

エントランス・ホールがらんとこれからも出会はぬ隣人あまたあるべし

「夕焼け小焼け」流れる街のいづくにも帰り道なく夕焼け小焼け

冬眠

公孫樹の葉散ると仰げば光りつつ明治の秋より降り来たるなり

選挙済み静かになつた街中に満つる日本の街の騒音

あたたかき体温持てる人間のペン握る手と銃握る手と

ビニールの混入したるナゲットも街の日常世界に在りぬ

冬の木となりし公孫樹の樹の下に今年の樹から消え失せたもの

明日から日脚の長くなる光喜ぶ人は冬眠せずに

勢ひ

朝の日にシクラメンの紅かがやきて変はりなけれど今年のひかり

ベランダを飛びたつ鳥の尾の先に逃げさるものの勢ひはあれ

二つ玉低気圧過ぎ冬空に青のかへりぬ塗り残しなく

林行き見知らぬ野鳥収めれば小鳥はスマホの重さとなれり

列島は今日も揺れたり地球から外に出たがる時間のありて

約束の地

やなぎらんの綿毛きらめくところ過ぎ坂上りゆく夏から秋へ

つま先に引つかかりたるこの重さ蹴り上げられぬ歳月とふ石

飛び立つて風に流され降り立てば約束の地ぞ綿毛の場合

歩いても汽車に乗つても行きつけぬ約束の地は約束にして

レストラン裏の畑に茄子トマト盗つてはいけない野菜かがやく

ひんやりとして来た空気、ハーブの香、虻の羽音を写真に収む

森

鳥影のなければ鳥の気配満ち森はどこから入りても深い

フィトンチッド浴びに来たるは自然体ならむとなせる不自然の業

池の水濁りて暗く水底の見えねば深いと思つてしまふ

クリスマス・リースにと採る赤い実をどこかで赤い鳥が見てゐる

実生稚樹十四、五寸に育ちゐて空へ空へと時超えゆかむ

夢の中

冬の日の岩山に差しあるところ影生みながら照らしてをりぬ

枯れ木なく草萌えもなき岩山に名前のありて仰ぐ名前を

岩山の裂け目ゆ落つる瀧のあり水音あらぬほどの遠さに

音もなく落つる瀧ある風景は夢のやうにて夢の中ゆく

上半分

下半分曇りガラスのガラス窓上半分から見てゐる世界

空いてゐる席に坐りぬここにゐる誰も選ばなかつたこの席

サンドイッチ食べてしまへばパン屑をはたいて立てり用あるごとく

小銭入れにコイン重たく今持つはそのうち無くなるものばかりなり

水の中に水噴き上げる噴水のかたち目に見ゆ日の傾きて

足下に私の影　私の内なるものではない確かさに

痕跡

ガラス越しに明るき店の中見えてもの食ふ人の顔あまたあり

水槽をネオンテトラの泳ぎつつ活魚料理店にはあらず

世界中から集めたものが裏漉しにされてポタージュ今日のスープは

移民らの越えむとする海　この皿のドーバーソウルの棲んでゐた海

たちまちに皿の脂は洗はれむ人の痕跡残さぬやうに

世の中は空しきものとスイーツがいよよますます甘くなりゆく

テーブルに蠟燭点り二十一世紀の黄昏いきなりに来る

題詠「まなぶ」

この春に学びし一つアントニヌス・ピウスの長城、ローマの北限

学ばねば生きられぬ人学ばずに生きる鳥見つ鵯《ひよ》と見分ける

もう学ぶことなく死者はしづかなり書架の昭和の書物のやうに

ライム・グリーン

朝な朝《さ》な聞く鶯のひと月をかけて鋭くなり谷わたり今朝は

爽やかにスペアミントの早緑が風に揺れをり蔓延《はびこ》る前を

朝食のパンに塗りをり外来種セイヨウミツバチの集めたる蜜

レモンの木に動く青虫　一ケ月のちは葉のない木と蝶ならむ

新聞を開けば広がる濃き薄き世界の闇の扱《こ》き混ぜられて

抽斗に仕舞ひしお金5マルクの硬貨がものとして現るる

青の濃き今年の紫陽花　英国はＥＵ離脱決してすまい

王室と皇室の違ひ鮮やかに女王《クィーン》の着るライム・グリーン

夏の景

空に雲湧き上がりつつ「海の日」と「山の日」のある日本の夏

ドーナツの売れなくなつたこの国でこまめな水分補給する我ら

大波も小波も同じ波なくて少女は潜る少女時代を

青空と青きプールと水しぶき　ホックニーの絵に暗きアメリカ

群なして落ち蟬襲ふ蟻見ればその勢ひは言葉のやうだ

石の色の墓石並べる墓地を行き色とりどりの花の哀しも

夕影に来鳴くひぐらし　昔から在るものの在り続ける理由ぞ

遠あらし

吹くからに秋の光のあらはれて葉裏葉表きらめくポプラ

校庭に整列する子ら一人づつ地に立つものは影を曳きをり

荒荒と地を打ちながら秋萩は花を咲かせぬ戦前戦後

パイオニア植物萩の萩色にいつの御代にも咲き盛るなり

地震は振り台風も来るしきしまの一億総活躍社会に

大水の引きそこここに現れるどれも何かであつたものたち

量産の食パン耳までやはらかくデフレ脱出速度が遅い

ＧＤＰ上がらないだらう万国の労働者たち団結したら

遠あらしと茂吉の聞きし長崎の造船所の音近代の響き

二〇四五年問題あるといふ二〇〇〇年問題ありし地球に

インテリジェント・ホームで見てゐる老いの家居留守のやうな人影のあり

短編を一つ読み終へ降り立ちし私鉄の駅に西日の強し

II

形なき空

暑さ過ぎ森に戻れる鳥の声たちまち縄張り争ふらしも

またここに呼び出されたといふやうに曼珠沙華この秋もあらはる

樹樹の間に黄色のテープ張られゐて大雀蜂の巣のある現場

ひと夏を木蔭に伏せてゐた老犬この年になればわかると言はず

その後を誰も知らねば今日見たる映画は見せしむ老いしホームズ

アメリカのいざとふ時の哀しさは王の在さぬことにあるべし

世界中いたるところに避難所はあり人間から逃れるための

さりながら人は集ひて飲み食ひす大地震後にまた戦時下に

蠟燭の明かりに見ゆる濃き闇に囲まれてゐるバースディケーキ

誕生日祝ひと幸先《さいさき》よき占ひ生命保険会社より届く

万聖節過ぎて深まる秋の空　頭上に広がる形なき空

山の樹樹紅葉すれば櫨《はぜのき》や楓《かへで》となりて人喜ばす

ガラスの眼

黄落の公孫樹並木の明るさをゆく人はみな影のごとしも

あぢむらの背高泡立草滅ぶバブル経済弾けたみたいに

春画展見に来た男ら絵葉書も公式図録も買はずに帰る

久久に出会ひし人のあらといふ動きをしたる口に近づく

言ひつ放しの言葉のやうに風花は地に着く前に消えてしまへり

テディベア置く部屋隅にぬばたまのガラスの眼なにも見てない

路地

見渡せば桜も楓も紅葉して日本のウィスキー蒸留所

ウィスキーの樽を寝かすに適ふとふ山もと霧《き》らふ水無瀬川近し

ウィスキーの樽は十年寝かせねばならず景気が回復しても

霧すこし動けばどっと流れ込む霧ありいよよ深くなる霧

うす暗く細い路地ゆゑどこまでも続いてゐさうに見えつつ続く

変化

朝の雪踏みしめて行く足下に雪の拉げる音を聞きつつ

街灯に鴉止まるを枯れ枝に止まらぬ鴉と見上げて過ぎつ

コンビニの棚の商品入れ替へるごとくたちまち変はる民意は

英国はＥＵ離脱宣言すテリーザ・メイのきれいな英語で

溶けてゐた氷ふたたび張るだらうバケツに月の光《かげ》の明るし

ぶんぶん

黄葉を終へたる庭に掻く落ち葉言の葉ならば騒がしからむ

落ち葉焚く煙上らぬこの街の落ち葉踏み踏み子ら帰り来る

冬空へ伸びる冬木を見上げをり世界が深くならないやうに

地動説の空には決して現れず東方の三博士の見た星

あの時に見た 麋《おほじか》 は麋であつたか記憶の川の 辺《ほとり》 に

角曲がり細道に出る角曲がる前も細道歩いてゐたが

この街に空き家増えたり仮の世の宿りと言へど家は残りて

亡き人の父の名いまだ表札にあれば時どき郵便届く

ひと時を地上に立ち寄る人間が七十六億人ゐる世界

地の上にこれほど増えてしまひたる人類はみな言葉をしやべる

アメリカの歴史たかだか二〇〇年　大統領令ぶんぶん飛べり

問題は言葉で解決しないから永久にアメリカ銃社会なる

ここからはもはや電波の届かない昨日は遠き日　雪が降つてた

尖兵

羊の毛刈ることもなく夏至の日の暮れたり梅雨の一日として

赤色のヒアリの尖兵しきしまの日本中の港にあらはる

どこにでもゐたる目高がゐなくなるパンダ生まれて喜ぶ国に

日本に数千万羽の雀ゐて飛び交つてゐるうはさ話が

遺伝子組み換へ作物の種子除草剤モンサント社に撒かれる地球

この星は人がそこからゐなくなる場所スプーンとカップ残して

天然更新

いつ来ても工事中なる東京に街路樹育ち昭和平成

去年見た道と違ふはミシュランの一つ星レストラン無くなつてゐる

新しき建物は建ち続くべしオリンピック前オリンピック後

計画的に造つた国立競技場壊されてしまふ計画的に

日本の近代の林苑計画書明治神宮の森を造りき

常緑の広葉樹林葉擦れして百年前はなかつた音だ

建物の建て替へ続く東京に森のしづかな天然更新

エキストラ

街路樹の欅の冬木黒ぐろと枝を広げる朝に向かつて

人生にありロケーション撮影に行くと電車に乗る朝まだき

コンサートの聴衆といふエキストラすなはち名前呼ばるることなし

コンサートの聴衆といふエキストラ声立ててはだめ背景だから

材料を多く欲しいと監督の声してテイク・フォーまで撮りぬ

今ここにゐる人はみな監督も未だ知らない映画「アルカディア」

日常に戻る感じに空見上げ宝塚線ホームに立てり

雪

北向きの窓から見ゆる北の空青くシベリア寒気団来つ

ＧＰＳ搭載スマホかざす手の先の干潟に群れる浜鷸《はましぎ》

野鳥らにパンをやるなと立札の立つほどパンをやる者のある

その違ひ知りて何せむ見分け方大杓鷸《だいしやくしぎ》と焙烙鷸《はうろくしぎ》の

大震災ありし平成　大戦に敗れし昭和　この国にあり

ひさかたの天より雪の流れきてしんしんと「明治１５０年」

まだどこにもないもの運び来る言葉　名刺の数ほど未来あるべし

将来の見えるところに集まって集まったころ見える終はりが

屋根に雪積みてホームに入り来たる特急に乗る地酒を提げて

雪はただ降りゐたりけり野に山に人の造りし地上のものに

春疾風

列島は春の嵐と大雪と　日本の郵便届けり今日も

映画二本見てしまひたり文庫本ほどの画面で映画を見れば

『ダンケルク』『ダーケスト・アワー』　戦争をテーマとしつつ映画は娯楽

そつくりに特殊メイクした「チャーチル」に特殊メイクの及ばぬ眼差し

チャーチルのブレナム宮を思ひ出す空の広さにぼんやりとせし

宮殿を観光すればそこここに観光客を拒む扉《ドア》あり

扉《と》開ければ来てゐる朝刊牛乳瓶　昭和の朝が配達されてる

民主主義社会の中に起き出して薄いガラスを磨いて待つ春

皿の上のシナモンロール左巻きほぐしつつ指は砂糖にまみる

東西の冷戦終はり三十年世界は溶けたアイスクリームだ

人類は昨日今日明日争ふを剣を持つてもペンを持つても

野鳥の声流れる地下鉄駅に立つ野草描かれた袋を下げて

街路樹の遠近法の狂へるは若木一本植ゑられたるなり

一つ一つ小枝捉へし春疾風　小枝をひとつひとつ放せり

スープ

雲動き雲間より差す日の光《かげ》に照り陰りする地上のものは

マグノリアの花白じろと私でないものによりわたくしである

黄水仙連翹金雀枝金鳳花　平成三十年春うかうか過ぎぬ

母の老い進みに進み老い母の歌を歌つてしまへり遂に

傾けたスープの皿にスプーンを添はせて今日のスープ掬ひつ

火星人

夏休み始まる朝のうれしさのやうに咲きたり青き朝顔

暑暑暑暑暑暑暑暑暑暑暑　熊蟬のこゑ押し寄せる朝つぱらから

夢の中の母若ければブラウスをリバティ生地で縫ひてくれるも

ふるふると震へるパピヨン抱く人の抱へゐるべし己が心を

川の面に小石投げればつかの間を空を飛びゆく小石となりぬ

熒惑《けいこく》は凶つ星とぞ平成の最後の夏の夜空に明し

大楠は大戦中も夏の日と雲と子供を引き連れてゐた

広辞苑に載つてをらねどこの国の言葉に依りて火星人をり

晩夏のひかり

局地的大雨上がる平成をあと幾たびの雨は降りなむ

大地震大雨大風　日本のどこかで何か壊れひと夏

平成は雨で始まりロールパン二十個焼いて外面見てゐた

朝ごとに開くカーテンあらがねの鉄でも開くカーテンならば

ベルリンの壁崩壊しその欠片売る人買ふ人ケーキのやうに

老若男女見てゐたテレビに二ヶ月間オウム真理教事件番組

どのやうな出来事もすぐ消費してテレビ流るる平成年間

ピッチサービス始めし会社にＰＨＳ持たさる社員家族全員

次つぎに情報通信機器替へつ　脱皮せぬ蛇生きられぬとぞ

パンのみに生きたくたつて生きられぬ人なりスマホ握つて眠る

ＰＨＳそのやうなもの溜まりつつダンボール運ばる平成を

ハンブルグ札幌舞鶴大阪に住む四人が会ふ日本の正月

ブレナム宮の空の広さに思ふ子ら天井低き団地に育てき

国策によりて破綻す　日本長期信用銀行　子の勤務先

札幌の支店にゐる子へ好況のベルリンで買ふゴアテックスハット

金融の大改革後の大不況　透きとほつた悪平成覆ふ

ミレニアム・バグに備ふと元旦を発電所に待機してをり夫は

ブラック・アウトせずに済みにし街の灯が機窓に見えて着陸始む

なんとなく見てゐる九時のニュースにてビルに飛び込む旅客機を見た

それからが二十一世紀　玉かぎる二十世紀にもう戻れない

グローバル社会は見栄えが命にてテレビ映りよき戦争を見る

全世界恐怖に落とし最高のプレゼンだつたあのテロ事件

一極化したる世界のアレルギー反応か地球にテロが続けり

ＥＵが現実となる新しきユーロ紙幣を財布に入れて

釣銭の５セント２セント１セント銅貨が財布に重くなる旅

「ケルトの虎」アイルランドで目撃す日経平均続落の頃

大正十二年に生まれた母と見た三月十一日のテレビを

新刊の歌集を読めば言葉みな二〇一八年へ漂着せしもの

日本の風景なつかし日本の自然は悠久不変ならねば

少年と少女になりし幼児の去りて晩夏のひかり眩しも

Ⅲ

家鳩

虫の音のいつしか絶えて暮れやすき裏庭みるみる夏を忘れる

烏一羽啼きわたりゆくこの国に大地震なくて過ぎし日の暮れ

大量の鼠が築地から移動　ペストのやうに広がる噂

二度咲きをした金木犀もう一花咲かせたかつたわけではなくて

クランベリー琺瑯の鍋に煮詰めるに呼気と吸気に鼻唄まじる

牛も豚も食べぬデザート牛や豚食べたる後に食べるデザート

骨折の治つた母の左手が伸びて摑めり小さな雲を

最善を尽くすと言へど最善が十分でない　家鳩の声

調律の僅かな狂ひも許されぬピアノを人は下手でも弾ける

窓の辺に葉を増やしたるモンステラいつかここから出むとふごとく

窓のそと見つめる母の眼の先に動けない樹が葉を散らしをり

台湾の海辺の町から訃が届く白腹水鶏《しろはらくひな》の切手を貼つて
バンクせず飛び去つてゆく家鳩にどこへ行くかと聞いたりしない

歳月

新しい季節来てをりいく度も降りたる駅に降り立つ度に

クリスマスマーケットに買ふ割れやすき人の形のジンジャーブレッド

資生堂リサーチセンター址に立つリハビリ施設に母の部屋あり

リハビリする母を見てゐるうつし世のリハビリ施設のあらゆるものが

四捨五入すれば百歳《ひやく》よと言ふ母に四捨も五入もできぬ歳月

極月の図書館にゐる男たち同世代なりサンタクロースと

コカ・コーラ、サンタクロース嬉しくて敗戦前の日本を知らぬ

ゲーム・ミート

鹿肉のゲーム・パイ、シェリー・トライフル　冬のメニューの料理教室

十九世紀の鹿肉料理のレシピありビートン夫人の『家政読本』

明治九年『家内心得草』出たり『家政読本』の翻訳書として

鹿、兎、雉の料理の載る本に猪料理のレシピの見えず

手のこんだレシピさもあれ越前の猪うまし煮ても焼いても

牡丹鍋煮え立つころに田畑をぬた場にされた話出てくる

猪が鼻で筍掘るといふ竹林に竹雪折れのまま

冬の日

水楢の冬樹の森を冬の日が踏めばどんぐり転がり出づる

白じろと切り株に日の当たれるは赤松枯れて伐採されたり

たちまちに倒木片付けらるる森　自然は自然のままにできない

浣熊《あらひぐま》目撃情報　悪相に彼奴を描ける自治会だより

高齢化で餅つき大会中止する自治会理事の一人となりぬ

手指消毒剤スプレーしすべすべの手指で母と面会をする

面会に行くのはいつも夕方でお腹の空いてゐる母とわれ

春の雪

カーテンを開けば青く裏山が近づいてゐる雨水の朝を

台風に倒れ伐られし赤松の切り株ここにまだあたらしも

耐震のための建て替へ進まざるモールの広場日だまりとなる

鳩の数増えて広場を汚しをりとはいへ世界を汚してをらず

ブライアン・メイのギターはよかつたな自然保護とか言ひ出す前の

殉死するほどの何かのありにけむ明治は春の雪に翳《かす》みつ

雲

雲脚を車窓に見つつ来し街に一足先に雨の来てをり

美術館入り口前の水溜まり観光都市の疲れを映す

金色の地に聖母子像　天界の見ゆる窓ゆゑ祭壇画眩し

レンブラントの自画像ここにもありたれば五十一歳の画家の顔見つ

この春は日本にあるフェルメール「マルタとマリアの家のキリスト」

セザンヌの「セント・ヴィクトワール山」美し透視図法ならねば

ターナーもコンスタブルもガーティンも　近代絵画の遠景に雲

柘榴と蜜蜂

年老いて植木屋は来ず便利屋の櫛田さん来て柘榴の樹を刈る

櫛田さんではなく私　柘榴一樹見たこともない姿にしたのは

櫛田さんではなく私　松三本見たこともない姿にしたのも

むき出しの老い木の姿ふゆ空に柘榴が眩し恥づかし怖し

裸木となりて柘榴がうつし世に曝せり二百年の曲折

枯れ木のやうすなはち枯れ木にあらずして春日に照れる柘榴の赤芽

夏蜜柑桜梅柿枇杷柘榴　青葉闇あり令和の庭に

施設なる母の夢にて初夏の柘榴は朱き花咲かせゐむ

リハビリを終へて送迎バスに乗る人らの中に見えずも母は

介護士が助かりますと言ふ母の今日の体重三十六キロ

補聴器を外した母の空耳に天球の音楽響きゐるべし

働き方改革をせぬ蜜蜂が向日葵に来る炎熱の中

朝なさな蜂蜜塗つたパン食べて向日葵育てず蜜蜂飼はず

手の届きされど触《さは》れぬ現在の蜜蜂の巣に蜜ゆきわたる

路線バス

家と家遠く離れてゐるところムーアを走るバスは揺れつつ

夕闇の中へ少年降り立てり丘の麓に灯りの見えて

真つ暗な原野過りてゆくバスも路線バスにて地元の人乗る

乗り合はせ小半時過ぎスカーフを被つた老女に行き先聴かる

よい店と老女は二、三の名を挙げる宿泊先の近くにあると

バス降りた老夫婦と手を振り合へば想ひ出す時そこが明るい

暖炉には火が燃えてゐてコート脱ぐ百年の旅終へたるやうに

花柄

晩秋の街の見なれぬ風景は塩害しるく受けし街路樹

キャリーバッグ引きずりながら私のひと月前の足跡たどる

母の棲む松ヶ丘から松の樹をすべて消し去り平成過ぎぬ

今年の竹高く伸びたり竹林にあらで令和の母の裏庭

萌黄色のカーテン風をはらむなく母に花柄のブラウス似合ふ

人あまた並べる先の食パンのふはつもちつと寂しさのあり

赤茶けた黄葉を自然の彩りに令和元年冬に近づく

AEON

寒い日のなくて過ぎゆくこの冬にあれど歳晩も正月もある

春一番ならぬは立春過ぎぬゆゑ言ひ訳されつつ吹く南風

あたたかい、否、生ぬるい風の中モップを持つてダスキンが来る

室内は24℃に保たれて昨日が母に一番遠い日

遮光レースカーテン開けば窓の外ひかりを反射するものひしめく

だれかれに八千草薫に似てゐると言はれし母か告げずその死を

今日までの光を明日へ運ぶやう水遣る観葉植物ならば

野菜屑でスープストック採るために買ふ新鮮な葉菜根菜

人あまた乗せ大船のスーパーが日暮れは二十世紀へ帰る

運転免許持つ人返納したる人買ひ物してをりカート押しつつ

運転免許持つ人返納したる人買ひ物をして消費税納む

〈とちおとめ〉〈あまおう〉並ぶスーパーで買へずアナグマタケネズミクジヤク

〈とちおとめ〉〈あまおう〉なくて消費税なかつた昭和の〈とよのか〉〈さちのか〉

立春の光差したる朝の卓　『雲の寄る日』は人の寄る日だ

その他

行き来する人と広場を濡らしをり二〇二〇年三月の雨

ウイルスと情報といふウイルスの広がる前のいつもの街行く

うばたまの情報といふウイルスの広がる早しウイルスよりも

疫病も大洪水も　神の問ひあるいは答へもしくはその他

「くらがりの中におちいる罪ふかき世紀《せいき》」か　二十一世紀また

遠き眼

一滴の病毒こぼれ人類の時間にたちまちしみ込んでゆく

触《さは》れない扉の把手、引手、ノブ、ボタンが並ぶ世界の街に

この国の病毒感染一〇〇〇〇件超えそれからの手で割る卵

母の耳遠く耳まで数百キロ　おういと呼べり雲よと呼べり

人間の造りしならむ人間の弱み悲しみよく知るウイルス

折折に遠き眼をする母なれば見てゐむ我を遠近法超え

二〇二〇年の見通しとして空青く淡路島まで見晴らせるなり

グローバル

この星にコロナウイルス蔓延す　令和二年、否、二〇二〇年

Lock down!　いきなり英語降つて来て日本の祭り中止せしめつ

病毒は人から人へ感染す心と心離れてゐても

速報も緊急事態宣言も遅れて届くお知らせだから

行き来する人類をらず道の辺に黄水仙咲《わら》ふ金鳳花咲ふ

月、土星、火星、木星集まつて見てゐる疫病流行るこの星

世界中の空が青くて二〇二〇年にもイースターの来たれり

マスクは要らない

見上げれば青空のあるこの星に全人類がマスクしてゐる

マスクしろ二メートル空けろ手を洗へ　ウイルスはその効果見てゐむ

エリザベス女王陛下国民に向けスピーチすマスク着けずに

一両に乗客一人の「のぞみ」から見てゐる日本の五月の緑

降り立つた真昼のホームに人あらず二〇二〇年黄金週間

眠たくて寝ても覚めても眠る母三月四月五月に覚めず

死者のため生者集まる半径を二メートルとする空間纏つて

マスクして棺の母を囲みたり　母にはもうマスクは要らない

花畑の向かうに母が笑つてる　遺影となつてしまひましたが

施設から母の持ちもの持ち帰る母の名書かれた全てのものを

母と見た空と里山、野と畑、施設の窓に置いて帰り来

母逝きて今日の青空　母の見た九十七年分の青空

Ⅳ

日常

グローバルなウイルスの照らすまほろばの大和国原あやめぞかをる

人はみなマスクを着けて街に出よ時代は深く病んでゐるから

疫病は目からうつるぞ私たち目と目合はせぬやうすれ違ふ

すれ違ふ船と船なら掲げ合ふ国際信号旗ＵＷ
（ＵＷ＝ご安航を祈る）

透明な幕に覆はれ季節から季節へ世界けば立つてゆく

嘴太鴉見えざる敵にあらざれば声を降らせり姿見せつつ

休校の続き広場に学童らマスクして遊ぶ子供時代を

消毒剤臭ふマンション玄関に現れず介護施設の車

「夕焼け小焼け」休校中も午後五時の学区に響く晩鐘のごと

世界中の夕焼けの空美しく人は夕焼け贈り合ふなり

イースターの後の満月その後の満月の後の満月仰ぐ

グローバルなウイルスの照らすこの国にさやぐ三十一文字の言の葉

恐龍の頭蓋骨《とうがいこつ》にあきらめの顔見たといふ歌あり母に

知覧茶はいつもの朝の香にかをり母の湯呑みを仏前に置く

母逝きて後を伸びたる草青く令和二年に夏は来たりぬ

祖父の撮つた母の若き日　戦時また日常として日常ありき

十余年母を訪《おとな》ふ春秋あり　母と永久《とは》なる別れするため

樹の陰と日向を蝶の出入りして母亡き後の八月の庭

不完全な不安

水楢の森に切り株明るきを水楢の樹がしづかに囲む

水楢の切り株に冬の日の差せば見てをり年輪刻まぬものは

ペスト禍の街にもパンを買ひに出た食品用ラップで包んでないパン

街ゆきてすれ違ふなり人間の生身の身体と生身の身体が

完全な不安ではない一抹の安心感もない不安感

動物としては過剰な人間の歴史そここ炎上してゐる

滅びゆく地上の王国だとしても罪は悔ゆべし除菌はすべし

ひとひらの雪てのひらに受けるごと置く一滴のジェルの透明

人間界

花青く咲き初む見ればローズマリーわが一年《ひととせ》を縁取つてゐた

自撮りして世界の側に立つた時臭ひのしない平面がある

就任式済んでアメリカ大統領任期四年を終へたるごとし

鉢植ゑはたちまち枯れて現れた土と鉢長くその後を在りぬ

福豆の袋積まれてこの街に既にこんなに鬼はゐるのか

異界より来むものやある　入り口に消毒液置く人間界へ

狼のゐることでなく狼を殺せることを教ふ童話は

薄ら氷の張る池の辺に石一つ拾へば世界が後退りする

日月

三月の雨の中来しスーパーにこの世の果ての桃の花明かし

新幹線車内に響く走行音　モウシワケナイ申し訳ない

これやこの海道下りぺこぺこのペットボトルに水の揺れつつ

そこかしこ桜満開　ＧＤＰ下がつた日本の風景である

白白と張りつめてゐた去年《こぞ》の花二〇二〇年に咲いてしまつて

ふるさとの光見てをりふるさとはもう父母の在さぬところ

庭の樹樹伸び放題のざわざわと過ぎぬ母亡き後の時間は

横浜の市街地かつて海だつた　丘の上より見霽《はる》かす海

「オレゴン・パイン、港いつぱい浮かべたよ。」杭工法を祖父は誇りき

住宅地墓地の間に道ありて墓地の側には自販機あらず

一区画二つに分けて売り出し中　墓地を現世《げんせ》の時間が洗ふ

唖唖、唖唖と降りくる声を見上げれば空の広しも墓地の上空

母の庭に影置く老樹　母の死の後を一冬越えた母の樹

新緑の夏蜜柑の樹に新緑の棘やはらかく育ちてゐたり

日めくりに重なつてゐる日付たち重なることのなくて日月

準備

雨上がりの街眩しくて少年に変声期ある夏ただ一度

ヒマラヤ杉すぐ立つところ思ふたび影長くなるもと来た道に

夏祭り中止になれば夏祭り終はつた後の夜の空がない

オンライン美術館にて絵を見たりバスツアーにて観光するごと

パン屑を啄む鳩の群れをりて人間たちは会食が好き

斜交ひにテーブルに着き家族らのパスタ食む見るアクリル板越し

収容人数八万人のスタジアム十数個分のコロナ感染者

全員を勝者にせむとどのやうな祭りを準備してゐる神か

ジャム

我がことの分からぬ我は他者のこと分からぬ我にて雲を見上ぐる

ローマの雲ベニスの雲なら言ふだらう分からぬところ愛は生まれる

クラウドは雲は何でも知つてゐるアリストパネスの時代も今も

気候変動雲が起こせばクラウドが対策資金調達するなり

青空から追ひ払はれて雲たちが集まつて来る人の心に

この国の夏の朝《あした》の空覆ふ同調圧力とふ厚き雲

英国の雲を集めてジャムにして舐めてた漱石　瓶の底ひに

デザート

雨上がり蟬声ひびき逝く夏に遅れた蟬が生きる遅れて

レモンの木に生まれて今朝は揚羽蝶つつと飛び立つ生きにくい世へ

年老いた園芸班は苗木植ゑ二十一世紀へ食ひ込んでゆく

園芸班に入らず植ゑるものありと指差す先に夕顔白し

千人ほど人の棲むべし鵯の一羽囀るその縄張りに

見てゐるが見えてゐなくて在るものが突如あらはる躓きたれば

食べられる実だからその味知られゐて山法師の実はマンゴーの味

紅き実の覗く葉叢は山法師の真白き苞を見上げしあたり

２０２１年電柱立つてる本通り　電柱立つてた１９６４年

円谷を押して轟く歓声は円谷でなく日本のため

雲見上げ坂を上つて見返れば仮搾への戦後日本

小型化が得意だつたが終の道お葬式まで小さくなつた

蟋蟀は肩刺せ裾刺せつて鳴くんだよ　孫に教へる縁側がない

一面に雲の集団いわし雲一つひとつが夕茜して

渡欧する船上で濃き夕日浴び四十年後に祖父は詠ひき

梢より高く棲みつつ鳥のごと小食ならで要るデザートが

一筋の傷あれば贋物でなくオパールは祖父の香港土産

V

絶景

朝朝に北の窓から見る山の絶景ならぬ今朝もまた見る

取り敢へず雲に心を預ければ雲と心が行方不明に

二メートル超えて伸びたるアボカドがベランダに立つここは違ふと

『緋文字』の紅暗きアメリカの楓が散り透く一夜の雨に

落葉載せポスト立ちをり喪中とふ友に宛てたる一葉落とす

二千年の日本史ありて敗戦の後の時間を七十五歳

若き日の母の矢絣虫干しの習はし添へて女孫へ贈る

出来事

日向夏、不知火、金冠　柑橘の差異の清けく歳晩のゆく

コロナ感染第5波6波の雲の間に見下ろす日向灘の青しも

ふた冬を越えつつ街に草臥れてをりバツ印足形マーク

在宅勤務はオンライン会議びつしりでぐつたりと言ふ子　フリースを着て

灯の点るタワーマンション　人人がその灯の下に交信してる

ビル横の公開空地《くうち》　容積率割り増し分を風が抜けゆく

山茶花は同じ高さに整列す　生垣なら刈り揃へればよい

コンプライアンス　ＳＤＧｓ　撒いた豆いつまで地表に転がりてゐむ

歌一首一回限りの出来事でしかも詠まれぬ星の数ほど

速報

主なく二年《ふたとせ》経たる庭にまた梅咲き母の眼差しのある

捩れれば捩れるほどに褒められてこれぞ柘榴の古木の形

大きさはたたみ半畳　祖母の見た明治の夜空のハリー彗星

「ブラタモリ」録画画面のタモリたちウクライナ戦争誰も知らない

鶫が来て尾長来て鴉来る　録画、速報見ないものたち

車窓より

発着の時刻は突如変はるもの英国鉄道の変はらないこと

大ロンドン出るや緑の明るくて車窓に汚れ浮く英国の

山の端にウィンドファームの風車立ち二十一世紀車窓より見ゆ

お茶のお代はりするたび車窓に増えながらコンスタブルの雲かたちを変へる

車窓より見るものすべて懐かしい　人生はただ過ぎてゆくなり

詩人

春の土やはらかに踏み現世の夢を私はまだ踏んでゐる

一羽発ちもう一羽発つ雉鳩のアイコンタクト取らない眼と眼

リラの花咲きそめ五月　母の死に逢ふため覚めし朝のありにき

「手押し車押さねば歩けなくなつて…」便りが届く綺麗な文字で

その人の一首読みをり山奥のまが玉形の沼想ひつつ

野菜スープ母のレシピで作るから母のスープの甘さが足らぬ

ふつくらとあんぱんパン屋に並んでる平和憲法に護られながら

東雲の空に直列する惑星　人類をらば攻撃して来む

「ひまわり」を観る人多しとマスクした顔の並べる薄闇映る

ウクライナ人アナトーリ　ルーマニア人ミハエラ　詩人は詩を書く母語と英語で

「宇宙の崖」映像でしか見られないものの映像で誰でも見られる

八月の雲上りゆきパラソルの陰なる日日の歩みのありぬ

前景

欅の木紅葉はじめて朝あさを秋のひかりはガラス窓に満つ

外側が曇つてゐても内側が曇つてゐてもガラスの曇り

樹はみんな時間を味方につけてゐる　バーナムの森には敗けるしかない

傍《そば》にゐて近づけないといふ距離感を持つ人間がたたく樫の木

戦争は暫定協定結ぶまであるいは民族滅亡するまで

けたたましく鴨の鳴き交はす声　言葉ならねば歴史作らず

満席の「のぞみ」の中に共有す暮れゆく日本前景として

人類にだけある問題　エネルギー金融食料公衆衛生

漠とした未来への不安いつぱいに詰めて豊けく冷蔵庫あり

時を超え運ばれ来たる言の葉の秋は夕暮れ冬はつとめて

天体の音楽

水楢の冬木の梢に吹く風の冬の林の楽となるまで

枝離れ団栗たちまち比喩となり背くらべするお池にはまる

葦折れて水草枯れて池の面は日すがら冬の光を弾く

長靴を履いた幼児知るならむ雨により雨を土により土を

ここにまで続いてゐたりダブリンの干潟歩きし我が靴跡は

その靴を作つた手より受け取りぬ底張り替へた靴と時間と

クリスマス以外はクリスマス・イヴとクリスマス・ショップ煌めいて見す

戦争は百年続かむ二百年造り続けし聖堂見れば

ボイジャーの写ししペイル・ブルー・ドット　在らぬところのものでなく在る

ある夜はウィンナワルツこの星に楽消えつづき楽生れつづく

題詠「水仙」

カンタベリーの春の川辺に水仙が咲き出す巡礼迎へるために

水仙の匂ふ傾《なだ》りを上り来て大聖堂の尖塔は見ゆ

黄水仙群れ咲き明るきひとところ古代ローマの城壁の下

貧民と病人あまた中世の修道院跡青草ばかり

木の椅子に詩集の時間流れゆき水仙匂ひ郭公歌ふ

『ワーズワース詩集』田部《たなべ》重治《じゅうじ》訳第79刷なる「水仙」

"I Wandered Lonely as a Cloud"　水仙はそんな時に見つかる

水仙は風に輝き麦を刈る少女は歌ひ風景の中

眼を上げて見れば向かうに水仙がサイダー一杯勧めてくれぬ

貧民と病人あまた現代の地球の傾りに水仙咲けり

金貨

小雨ふる石畳に石の香のあるを想ひつつゆくアスファルト路

アーモンド咲きなば桜思ふべし在愛蘭日本国大使館員

一階にスーパー・テスコ三階に日本国大使館のガラスの扉

ギネス・ストアハウスの扉開いてゐる老若男女並ぶ先には

アイルランド好景気にてダブリンに老若男女の物を乞ふ人

妖精を見た人攫ひ妖精はどこへか去つた金貨を置いて

天国の門にあらねば誰にでも開けられてゐて墓地が広がる

稼働

明け方に母の夢見て母をらぬ世界に目覚むわが誕生日

たかだかと咲くマグノリア庭になくピンクの似合ひし母の梅咲く

クラス会通知届けば一まいの不織布マスクほどなる軽さ

枇杷と柿に来る鵯《ひよ》の来ず夏蜜柑実は落つるまで日を浴びてをり

花終へて山茶花の垣ぐらぐらとみずほ銀行にシステム障害

近代の冬は終はつた桜咲き量子コンピューター稼働始める

取り換へ不可

老木の桜三本また二本伐られ今年の桜の並木

みなとみらい21地区　空き室の多きビル群とふ未来あり

いつまでも未来であるためいつまでもみなとみらいに工事終はらぬ

高照らす昭和の日なりピーコック千里中央店あす閉店す

幾百の手が現れてトイレット・ペイパー摑んだ１９７３年

六月の雨の車窓に早苗田と小麦畑とソーラーパネル

車窓からよく見えるやう並べられソーラーパネル働いてゐる

歴代の首相の似顔描く湯呑取り換へ不可なり歴代の首相

題詠「鱧」

大阪に棲み五十年関西弁喋れず鱧を食らはぬ者は

鰻《eel》に似た魚と言はばミーガンはアイルランドのeel《鰻》想はむ

漁業史また戦史にあれば北アイルランドに鰻漁の戦史も

天麩羅屋懐石料理屋寿司屋在り鱧料理屋のなきロンドンに

ウナギ科とハモ科の魚であることの鱗ある鰻、鱗なき鱧

鱧一尾釣り上ぐ『倭名類聚抄』二十巻本鱗介部より

魚《うを》を食ふ源順　魚《うを》食はぬ ChatGPT「鱧」を語るも

その古名鱧《はむ》とふ鱧の延縄漁《はへなはれふ》　鯖を生餌に釣るなり鱧を

大事なる結句動くと見てをれば鱧も鰻もつるり逃げつる

「鱧と水仙」六十号出し関西弁喋れないから私である

場所

鯖鮫《てふざめ》や牡鹿太りて穀物は実るしづかに月の満ちれば

「ムーンバレー2040」一年に一〇〇〇〇人が月を踏むとふ

隕石が降るから地下都市造るとふメガソーラーで発電するとふ

一年に二十数万人の靴が踏む「世界遺産」となつた霊峰

夏空に立つ青き富士芙蓉峰　新幹線の車窓に見むとも

その祖母の「芙蓉の人」の声知らね野中勝は良き声をせり

富士目掛け飛来し東へ向く機影見てゐた母の昭和二十年

日本列島分断するごと台風は過ぎたり今夏の終戦の日を

一夜さを台風過ぎれば楢の樹に残れる小枝と落ちたる小枝

祖母曰く「目つきの悪い坊さん」は伊雄大和尚　読経聞きにき

殖え過ぎたミントに幽《かす》かな花が咲く咲いてはならぬ場所に咲くがに

鰹鳥の番が西ノ島にゐる　ドローンはよき映像撮るかな

日陰から日向へ移し金雀枝にやうやう秋の近くなり来も

あとがき

『I Wandered Lonely as a Cloud』は、『The quiet light on my journey』に続く第十歌集である。二〇一二年から二〇二三年までの作品の中から、六〇三首を収めた。ほぼ編年体であるが、一部入れ替えてある。また、製作年代は第八歌集、第九歌集と重なる。

歌集のタイトルは、英国ロマン派の詩人ウィリアム・ワーズワースの名高い詩「水仙」の原題に依る。二〇二三年春に、発行している同人誌「鱧と水仙」が創刊三十周年六十号を迎えることが出来、それを記念したいと思った。また、「wander」という語が、「あてもなく歩き回る」の他に、「(特に高齢のために)〈心・考えが〉取りとめがなくなる」の意味もあることを知り、これも面白いと思った。

創刊以来、「鱧と水仙」の同人達とは互いに励まし合い、歳月を重ねてきた。敬愛できる歌友のあることに深く感謝している。

歌集刊行に当っては、柊書房社主・影山一男氏に万事お世話になった。謹んで御礼申し上げます。

令和六年一月十八日

香川ヒサ

歌集　I Wandered Lonely as a Cloud

二〇二四年四月五日発行

著　者　香川ヒサ

定　価　三〇八〇円（税込）

発行者　影山一男

発行所　柊書房

〒一〇一－〇〇五一

東京都千代田区神田神保町一－四二－一二　村上ビル

電話　〇三－三二九一－六五四八

印刷所　日本ハイコム㈱

製本所　㈱ブロケード

ISBN978-4-89975-442-8